처용의 달

우리시대 현대시조선

109

처용의 달

공영해 시집

고요아침

물음표 몇 개 안고 그대 찾아 나선 길
늦은 걸음걸이 말도 차츰 여위어져

쉬었다
가고
또 간다

말의 산
기슭을

2019년 11월
공영해

제2부 늪의 노래

제3부 처용의 달

제4부 낮은 기침

1부

양귀비

휘파람새

호두만 한 목젖에 코가 붉은 섭이 아재

철쭉꽃 하얗게 핀 오월 한티 재를 넘어

뻐꾸기 목이 쉰 울음 등에 지고 떠났다

지아비 지고 떠난 뻐꾹 울음 선소리가

먼 공산 메아리로 그 아낙을 데려간 후

한밤*엔 휘파람새들 빈집들을 못 떠난다

* 한밤 : 군위군 부계면 대율리.

옥포횟집

살 저민 돔 한 마리 쟁반 위에 뉘였다
못다 한 그 무슨 말 뼛속에 남은 듯이
아가미 벌럭거리며 두 눈을 부릅뜬다

"싸장님, 감성이가 살아 펄떡 뛰네예!"
저녁마다 카드 팍팍 긁어대던 부장님도
물 좋던 잿빛 유니폼 도미 신세 된 것일까

단대목 전어철에도 갈매기만 기웃댈 뿐
뼈 아린 찬바람이 수족관을 닦는 저녁
주방장 마른 도마 위 초승달만 누웠다

길고양이

실직으로 꿈을 잃은 한 여자의 애완동물
야생의 발톱 세워 주린 배를 채우다가
볕 바른 양지에 앉아 해바라기 하고 있다

눈치껏 한뎃잠을 옹알이로 느껴 앓던
매연으로 가라앉은 도시 가끔 뒤척일 때
달려가 안기고 싶어 시린 발을 핥는가

날품으로 팍팍한 삶 등 돌린 인정이지만
쫓기던 골목까지 잊을 수야 없는 걸까
감았던 실눈을 뜨며 귀를 쫑긋 세우다

여름 수국

— 거제에서

수국이 길을 여는 보랏빛 섬나라에
진로를 잘못 든 태풍 새도록 휘몰아쳐
언덕엔 넝마를 걸친 풍차 한 대 삐걱이고

불꽃의 신화 앞에 바다 잠시 숨 고를 때
용접할 생의 강판 도크마저 문을 닫아
공모는 베일에 가려 한 치 앞도 볼 수 없다

쇳물밥 삼십 년도 파도 앞에 모래일 뿐
그 어떤 구호로도 되돌릴 수 없는 선수船首
부르쥔 맨주먹 앞에 하늘마저 떨고 있다

찢어진 신발들이 현관에 모였다가
장마철 빨래 널 듯 날품 찾아 흩어져도
수국水國은 가슴을 열고 마스크를 닦는다

가마우지

햇살도 곤두박질 산동네로 넘어와선
까맣게 물이 들어 맨발로 뛰어놀던
루핑 집 낮은 판자촌 복덕방이 들어섰다

셈본 책 숫자보다 자치기로 셈을 익힌
그때 그 햇살을 감고 자라난 아이들이
하나 둘 시다로 떠나 피라미를 물고 왔다

숙달된 자맥질로 하루를 미싱해도
주판은 늘 마이너스, 재고 없는 대목이다
날마다 목을 죄는 끈 멍 자국이 시렸다

줄 것 다 토해내고 뼈만 앙상 남은 이들
성당못 버들 숲에 종일토록 앉아 졸다
해 지면 가마우지처럼 끼룩끼룩 귀소한다

붕어빵

웬일로 새댁이 붕어빵을 사 왔댄다

이 삭막한 도시의 어느 도랑에서 잡았을까. 잡수소, 잔소리 말고 사 오거든 다 좋다 하소. 튀는 고기의 꼬랑지를 움켜쥐고 대가리부터 와삭 한 입 베어 먹었다. 그런데 야단이 났다. 뱃속에서 난리가 났다. 내가 삼킨 붕어 대가리 뱃속에서 뛴 것이다. 펄떡펄떡 꼬리 치며 기운차게 퍼덕였다.

뜨거운 팥고물 맛을 쩔쩔 매며 삼켰다.

아카시아 꽃숲에서

벌보다 내가 먼저 꽃자리를 펴고 앉아
꽃버선 하얀 속살 젖어드는 꽃향기에
유년도 언제 왔는지 슬쩍 옆에 앉는다

황토뿐인 민둥산에 아카시아 심어 놓고
두어 됫박 압맥으로 보릿고개 넘던 날은
십 리 길 아린 십 리 길 필통소리 딸랑였다

유모차 쉬다가는 검버섯 핀 돌담길에
몸은 숨겼어도 들켜버린 그 숨소리
은발의 술래가 되랴, 선돌바위 그 소년

아이들 웃음소리 꽃술처럼 피어나서
따고 따도 끝이 없는 채밀의 저 날갯짓
활짝 핀 시간의 향기 꽃숲 가득 넘치다

즐거운 만찬

마당에 심은 배추 상한 잎이 보였다
이 필시 배추흰나비 애벌레 짓이렷다
살의를 눈치챘을까,
오리무중
그 행방

밤중에 수색을 했다, 이럴 수가, 민달팽이
그 굼뜬 걸음으로 몇 시간을 기어 와서
시식들 하시고 있다,
울컥했다,
찡한 만남

낮 종일 숨었다가 목숨 걸고 하는 만찬
내 잠시 아둔하여 네 명줄 끊으렸다만
돌아서 중얼거렸다,
먹을 만큼
드시라고

밤비 소리 듣다

빗속에 미역 가는 바깥소리 헤어 보다

능소화 얼린 덩굴 저희끼리 살 비비자, 포도 감 무화과
나뭇잎들 우장 벗고 꺼걸껄껄, 키 낮춘 살구 대추 석류 은
행 가죽나무 키드득키드득, 유자 치자 동백 소나무 헤헤헤
한데 얼려 물장구치자 모란 산나리 수국 맨드라미 분꽃
국화 영산홍까지 덩달아 부끄럼 벗고 뛰어들어 재잘재잘
호작대면 소철 서사 매화 분紛은 저희끼리 쪼그리고 앉아
소곤소곤 등 밀어 주것다

새는 날
보아주리라,
푸른 웃음 부신 뜰

양귀비

비린 생 핏빛 유혹 지체 높은 귀비貴妃라 해도
할머닌 피는 족족 꽃잎을 따버렸다
떼어야 정을 떼어야 잡초로나 산다시며

밤마다 뼈를 갉는 송곳 아픔 생각하면
거두어 베갯머리 약으로나 묻어두고
넉 잠 든 누에들처럼 깊은 잠을 청할 텐데

고단한 삶의 고비 잠시 헛디딘 생각
고개 든 자존으로 꽃 대궁도 불지르며
마성의 붉은 입맞춤 할머니는 등 돌렸다

미더덕

검은 땀 방울방울 바람길에 부린 날은
막걸리에 미더덕 한 점 아재는 안주했다
오도독, 하루의 끝을 입 안 가득 터뜨리며

몽당연필 꾹꾹 눌러 외상 장부 적을 때면
글자마다 살아있는 개미들의 살림을 본다
아직도 구공탄 연기 산동네를 못 떠나는

멍들어 막장 같은 생을 실어 나를수록
꽃다지랑 별꽃 같은 풀꽃들을 만나면
잔속에 노을을 담아 미더덕을 권했다

비 맞은 갈잎처럼 서로 등을 덮어 주며
진미는 껍질이라며 모닥불을 끼고 앉아
못나서 더욱 그윽한 생의 향을 음미했다

백묵통

너는, 물이었다 공기였다 햇볕이었다

서른도 여섯 해를 나를 져 나른 지개

어머니 정한 손때가 향기롭던 반짇고리

시에미밥풀꽃

누가 너를 보고 며느리밥풀이라 하였느냐
혀에 묻은 밥풀 두 알 그 무슨 내력 있어
며느리, 며느리밥풀꽃 혀를 차며 뱉는 거냐

오빠는 나랑 살지 어머님 남편 아니잖아요? 저희 집 앞
으론 절대 오지 마세요 손자 손녀 업어 키워 허리 굽고 삭
신 아프니 병원 가자 약 사 달라 끙끙 훌쩍훌쩍 오빠한테
바가지요 시누이한텐 늬 올케 독하다 어쩌구 일러바치지
마시고 내려가세요 아휴 정말 짜증 나 아버님 제사는 오
빠랑 알아서 지낼 테니 왔다갔다 차비들일 필요 없습니다
청상에 남매 키우느라 새빠지게 고생한 건 어머님 팔자지
제 팔자 아니잖아요 당신 아들은 이제부터 제게 맡기고
보따리 다 싸놓았으니 미적대지 말고 오빠 오기 전에 지
금 바로 떠나세요

고마리 꽃 숲에서 뒤 보는 밑씻개야
며느리 거시기는 어떻고 배꼽은 또 어떻더냐. 털릴 것
다 털리고 시에미 부옇게 쫓겨 왔으니 이제부터 저 꽃 보
거든
시에미, 시에미밥풀꽃 혀를 차며 불러라

슬픔의 속도

띠 갑장 김승강은 슬픔이 산만 하여

매미 소리 체인에 감고 페달을 밟을 때면

후두두

비 오는 소리

강물 한 줄

끌고 가

인연

그대는
산이면 된다,
이적지도
그래왔듯

한 생을
방언에 젖어
못 떠나는
인연일랑

파도로
밀고 썰어라
설운 정은
다 띄우마

2부

늪의 노래

빛의 길
— 독도

강짜 센 바람 한 줄기 내 어깨를 치고 간다
놀라 마라, 괭이갈매기
바람이야 미친 바람
파도가
와서 보채도
끄덕 않는 나를 좀 봐

대대로 쌓아 온 우리들 순한 사랑
너는 새로 날고
나는 섬으로 앉아
천 년을
지켜 온 자유,
빛의 길을 함께 닦다

늪의 노래
— 우포

가슴 풀면 천만 목숨 내 안에 깃을 치네

물풀로 소금쟁이로 왜가리로 오시어

넉넉한 하루를 위해 일어서고 눕는 그대

스스로 뻘이 된 몸 햇살 닿아 꽂인 날은

푸른 넋 융단 깔아 젖살 오른 오월이네

뻐꾸기 자운영 밭을 뻐꾹뻐꾹 불 지르는

황간역에서

기적소리 잊지 못한 시인들이 밭을 갈아
가꾸고 심어 온 싹 시화로 꽃 피우자
백수白水*는 고향 하늘을 여기에다 두고 갔다

간절한 마음들이 플랫폼을 바라보며
하루에 네댓 번을 기차가 설 때마다
잊었던 하늘을 펼쳐 길손들을 맞고 있다

만삭의 항아리가 살어울을 노래하고
수키와 등허리엔 살구꽃이 이어 피는
우리들 겨운 인정이 수채화로 앉아 있다

* 백수白水 : 정완영 시조시인의 호.

목언여적

산협에 뿌리내린 조선 솔을 찾아갔다
금천에 발목 담근 갈대 치던 바람 불러
온 뜻을 나뭇가지에 낮달 걸어 알리었다

했더니, 상형의 문자 푯돌 지고 마중 나와
예서체 한 획 한 획 내 가슴에 새기었다
획마다 우람찬 둥지 말의 잎들 흩날렸다

단풍잎 방명록 삼아 이름자나 남기려다
잎에다 지문만 찍고 운만 떼다 돌아섰다
편지함 혼자 섰기에 달은 두고 그냥 왔다

별꽃 경전

그제 내린 봄비에도 기름때 다 못 씻은,

주차장 볕살자리 별꽃의 만행萬行을 본다

남루를 그냥 걸친 채 젖니 살짝 내미는

모두가 외면하는 척박한 땅이라지만

하이얀 말씀의 향기 넘치는 송이마다

화엄을 남 먼저 피워 봄을 여는 경전이여

가을 우곡사

자글자글
끓고 있다
새 소리 불 지핀 숲

뜨겁게 달아올라
산이 활활 타는 한낮

해탈의
금빛 좌불상
은행나무
부신 단풍

청도를 지나며

복사꽃 산비알을 치마 두른 봄 한 철
햇빛은 어쩌자고 종일토록 떠나지 않나
능소화 뚝뚝 지는 날 수밀도가 익고 있다

붉나무 단풍물 든 산굽이를 돌아들면
내닫던 황소 한 마리 고삐 잡혀 멈춰 서듯
추어탕 끓는 가마솥 기다리는 청도역전

청도는 아무래도 가을이 제철이다
골짜기 어딜 가나 반시처럼 정은 익어
붉고도 넉넉한 인심 잔에 담아 권하는

노랑제비꽃

이 봄 다 가기 전 너를 찾고 말리라
날마다 수소문하며 골짜기를 누벼왔다,
눈웃음 생생한 기억 노랑 적삼 여며 입은

진달래 분홍치마 펄럭이는 팔부 능선
송이가 살다간 물 한 방울 없는 동네
그쯤에 너는 있어라, 비가 되어 찾으마

간절히 그리울 땐 꿈길로도 온다는데
꽃샘의 등을 타고 단숨에 와야 한다
내 사랑 노랑제비꽃, 한 생의 은유 같은

관음

물 마른 약수터에 새벽 운동 한창이다

훌라후프 돌리는 탱탱한 엉덩이들

저 엉큼,

박쥐나무 꽃

치마 살짝

들치며

해국 海菊

있는 듯 없는 듯
얼굴조차 안 내밀다

오늘사 바다를 지고
파도 소린 등에 지고

가을볕
여남은 조각
뜨락에다
뿌리나

꽃잔치

꽃대궐 시끌벅적
잔치 준비 한창이다

이랴아! 쉬지 말고 연자방아 돌리라 보자 떡쇠놈은 멍
석 깔고 떡칠 준비 하였느냐 수유댁 꽃물 풀어 소쿠리 층
층 찌지미요 명자년은 진달래랑 동글납작 화전이다 청매
화 벌떼 불러 바깥손님 맞을 준비 목련댁은 오지랖 넓어
여기 펄럭 저기 펑펑 버선발이 모자란다 앵두 살구는 동
풍에 향기 놓아 손님 초대 바쁘구나 홍매 아씨 연지곤지
몸단장 막 끝내자 개나리 울을 치고 바람개비 돌리면 하
낫 둘 민들레 어린이 재잘재잘 몰려들고

꽃샘이 제아무리 시새도 이 잔치판은 못 엎어

다솔사

봉명산 숲에 들면
경소리도
단풍 들어

안심료安心寮* 툇마루에 볕살들 모여 앉아

등신불
소신의 내력
탁본으로
읽고 있다

* 안심요安心寮 : 사천군 곤명면 다솔사의 요사채. 만해 한용운의 만
당 근거지이며 작가 김동리 선생의 〈등신불〉의 산실이기도 하다.

귀울음

시한부
목숨과 바꾼
금방 녹을
시간 앞에

노래로 숲을 태우는
저 불청객
누구인가

귓속을
풀무질하는
대장간의
저 사내

백월산

아침 굶은
달달박박
불고기를 굽고 있다

묵은 가지 그대로 둔
월백月白의 그 단감 밭

도통道通도
호구를 위해서라며
이름까지
굽고
있다

노루귀

내 생의
골짜기길

노루귀가 맞았다

물소리 따라가는 길은 혼자 가게 두고

귀
쫑긋
함께 듣잔다

곤줄박이
저 재롱

3부

처용의 달

안부를 묻다

입술 꼬옥 다물고 죽은 듯이 밤을 지샌
애월의 청보리밭 방가지똥 조뱅이꽃
해 뜨자 다투어 나와 안부들을 묻고 있다

잊을까 하마 잊을까 잊을 때도 됐으련만
몸 낮춰 바람 비켜 악착으로 살아 온 삶
죄 없이 뿌리째 뽑혀 피를 흘린 기억들

상처 난 파도소리 강정 소식 들을 때는
먼 숲의 꿩 울음도 총소리로 가슴 뚫어
안부를 물어야 한다, 습관처럼 꽃들은

수크령

보랏빛 여우꼬리* 일제히 일어선다
한뎃잠 깬 풀들이 이슬 꿈을 털기도 전
활대를 뽑아든 햇살 비올라를 켜고 있다

달리는 바람 소리 갈퀴까지 휘두르며
발목 걸려 넘어져도 단숨에 일어서는
천변의 푸른 아우성 펄럭이는 깃발들

고마리 붉은 눈빛 바람과 함께 울면
젊은 격정의 날들 부둥켜 얼싸안고
못다 한 이슬의 노래 여울물에 띄운다

* 여우꼬리 : '수크령'의 딴 이름.

가을 쑥뜸

여명의 새벽은 가고 꿈도 주춤 뒷걸음칠 때
관절은 마디마디 송곳으로 뼈를 긁어
저무는 생의 무릎을 쑥뜸 뜨며 넘는 은발

내 몸에 바람이 들 듯 숲도 이제 단풍이다
우듬지에 서성대는 가을볕을 바라보며
어금니 질끈 깨문다, 불의 시침施鍼 아뜩한 날

무량의 별무리들 뼈가 되어 일어서면
겨울보다 먼저 오는 절박한 말씀들이
시간의 무릎을 세워 빈 여백을 채울 것

처용의 달

왕릉의 능선 위로 처용의 달이 뜬다
다문화 은빛 희망 등을 밝힌 골목 안쪽
누대를 지켜온 종가 몽골 댁이 몸을 푼다

천 년 전 기침 소리 가득한 뜰 안에는
대물림 순혈주의 흔들림이 없었건만
먼 그날 처용을 맞듯 동인 앞섶 풀고 있다

볼기에 푸른 반점 건강한 아기 울음
무너진 기와지붕 다시금 들썩이고
환하게 짐 벗은 달이 솟을대문 넘어간다

황야의 이리

― 헤세의 안경

유리알에 번뜩이는 싸늘한 시선을 본다
이성의 뿌리 찾아 비틀대던 하리*의 행방
지금쯤 티그리스 강 포연 속에 서 있을까

사막은 들끓었다, 이리 떼의 습격을 받은
폐허엔 죽은 비둘기 아이들 붉은 울음
백일도 파편에 찢겨 열사에서 떨었다

채워도 다 못 채울 욕망의 야성이여
황야의 이리는 피를 찾아 으르렁댔다
자유를 방목한 땅을 검은 강이 흐르고

바람의 채찍에 길든 잠들지 못한 넋이
흩어진 뼈를 추리며 '살롬, 알레이쿰!'**
용서도 주술이 되는가,
이리, 미로에 갇히다

* 하리 : 하리 할러. 헤르만 헤세의 소설 『황야의 이리』의 주인공.
** 살롬 알레이쿰! : 아랍어로, '그대에게 평화를!'의 뜻.

밀감

골목길 굽이돌아
"밀감이요오, 떠리미!"

305호 진이 엄마
오름 타는 목청을

아직도 부끄럼 묻어
노을물로
헹군다

망중한
― 싸움소

지금은 잠시 쉰다, 힘든 날이 많았다
싸움에 길들여진 뿔이며 발굽까지
지금은 쉬어야 할 때 결전의 내일을 위해

기선 제압은 눈싸움을 이기는 것
고수는 눈 감고도 안광에 살을 꽂지
힘 실은 어깨 뿔이야 하수나 쓰는 전술

무릎을 꿇는 날은 죽음만이 있을 뿐
운명은 나를 끌고 승리만을 가르쳤다
반추할 추억은 금물, 쉬는 것이 최상책

산정山井마을

구월 산정 아람 벌자
물빛도 단풍입니다

어디서 소 울음소리
산초 향을 피우는데

폐교엔

녹슨
종
소
리

명아주로
길 자라

호명呼名
— 4.3 평화공원

1.
어둠에 묻힌 세월 한 올 한 올 깨워내는

낮으나 당차 야문 눈물 마른 목소리

마침내 도랑물 되어 봇물처럼 터지고

2.
아직 못 거둔 주검들이 있음일까

까마귀 비명碑銘을 돌며 반세기를 호명했을

"아아악, 아악, 악, 악, 악"

먹먹한 가슴 친다

바람 타는 섬

덩굴 가시 바위 서리 꽃소식 까칠하다

방가지똥 조뱅이에 인동초 갯무 꽃 차려 놓고 덩굴딸기
찔레 덩굴 엉겅퀴 앞세운 애월, 수평선 끌어당겨 활짝 핀
아라홍련 한 송이 금방 쑤욱 뽑아 올리자 장끼란 놈 때맞
춰 목청껏 꾸엉꾸엉 추임 넣어 여는 아침, 놀라 잠 깬 자
동차 떼 순식간에 뛰쳐나와 섬의 동맥 정맥 실핏줄까지
구석구석 들쑤시고 비행기는 하늘 낮다 제비 날듯 휘익휘
익 내외국인 물어 나르며 섬 좁다 부산 떨어내는데 개민
들레 돈 욕심 없다며 노란 꽃동전을 길가에 좌르르좌르르
무더기무더기 뿌려대고 돈나무 하얀 손사래 생몸살을 앓
는 5월, 곶자왈 미나리아재비 금새우란 잔뜩 피워 놓고 나
몰라라 바람 통문 지키고 있는.

난데서
들온 회오리
섬을 온통 휘젓는다

가고파 노래비를 닦으며

열차가 닿을 때마다 반갑다 손을 잡던
가고파 정거운 가락 걸음도 가뿐했거늘
내 고향 남쪽 바다의 역사驛舍 지금 앓고 있다

찬 얼음 센 바람 속 우리 얼을 지켜 오신
오로지 나라 사랑 큰 나무로 사셨던 분
그분 뜻 페인트 뿌려 이리 누가 황칠을 했나

역사는 알고 있다, 노래비를 세운 광장
만행의 얼룩 결국 시민들 웃음거리
울면서 지워낸 자국, 물소리를 담는다

하여 한데 얼려 알몸으로 살아도 좋을
그리움 노를 젓는 보고픈 물새 나라
가고파 노래의 고향 마산은 앓고 있다

딱따구리

직립의 나이테에 그리움을 발신한다

등고선 그 어디쯤
둥지 틀 내 사랑

생나무
결이 고와라
부리 켜는 악보여

진달래

불끈
힘줄 돋아
아침빛이
탱탱한데

금방 일 끝낸
계집의 저 속살 좀 보아

얄궂다,
옷 벗은 햇살
누울 자리
찾는 거

밀양密陽

— 부북면 위양리 정자에서

까막눈이라 캐서 눈치도 봉산 줄 아요
무지랭이 별나지만 인심구걸 야박타 마소
단추를 처음부터 잘못 끼워 그 고생을 안 했는교

불땡빛도 장마비도 엄동설한 칼바람도 까짓거 안 무섭
어 고압선 지나가면 백혈병 걸린다 암 걸린다 시끄러운
소리에 겨릅처럼 말라 골골거리다 죽는다 어쩌구 카지마
는 그거사 안 겪어봐서 모리고 보상금 많이 받어 낼라꼬
할마시들이 생쇼를 한다 빨갱이 앞잡이다 캐도 다 참았소
우리사 경제고 머시고 다 몰라요 억울한 거는 한 가지 자
존심을 짓밟힌 거 그기 분하고 억울했어요 이팝꽃 꽃시절
도 문전옥답 풍년가도 죽기 작정 지켰소만 이기 참말로
하늘 뜻은 아닐끼요

철탑이 밤낮없이 저리 울며 고갤 넘는데
한번 다친 마음이라 사슴 속 불덩이가 쉬 꺼지겠소만
저것도 사람 위한 일이라니 열불을 참고 있소

쇠뜨기

힘들제, 이눔 소야
자, 한입 뜯어 무라

워워, 또 한입
발등 부은 밭머리서

발기한
꽃대를 물고
투정하는
해거름

4부

낮은 기침

고비

솜털로 몸을 감싸
높은음자리표
올려놓자

뜻을 안 산새들
악보 펼쳐 지줄댔다

그 고비
척추를 펴자
열 두 늑골
푸르렀다

낮은 기침
― 아버지의 새벽

늦잠도 죄스러운

워낭소리

낭랑랑

쇠죽

뜸 지우던 솔가리 불,

낮은 기침

오십 년

저 쪽의 새벽

아직도 날

깨우다

군불
― 아버지의 새벽

그 사랑 송진내 같은
신새벽 군불이네

노릿
노릿
꿈을 구워
아랫목을 데워내면

눈발도
뒤란을 돌아
가맛전에 몸 부리는

목도리

젊은 날 붉은 수컷의
빳빳한 오만이었을
목도리, 여우목도리 새 주인을 찾고 있다
한때는 갈채를 받던
여배우의 애장품

바자에서 흥정되는 목도릴 보면서
민무늬 무명 손수건 어머닐 생각한다
평생을 지녀 아끼던 손때 묻은 수건 한 장

왕겨 연기 매운 기억
길쌈 마당 도투마리
솔질로 품 먹이던 거친 손 가끔 들어
이마에 맺혀 빛나는
구슬 슬쩍 따 담던

참꽃마리

작년에도 만났다,
밀양 어디 얼음골

웃으면 덧니 하얀
누이의
머리 꽃핀

침산동
검은 골목길
국수집이 환하던

어머니

물봉선 방방 터져
워낭소리
맑은 아침

첩첩 골짝 주름살도
이맘때면 꽃밭이다

고추밭
이랑을 따라
반짝이는
은비녀

봉선화

빨래를 널다 말고 어디로 가신 걸까
담 넘어 월남댁 불러 누님 안부 물어본다
"한매가 배 아푸다꼬, 병원 간다 캅디더"

한 바가지 보리밥도 찬물 말아 먹던 속을,
종일토록 길쌈질로 꽃물 들던 무릎까지
타는 논 동이 물 붓듯 알약으로 달래더니

팔 다친 먹감나무 살평상에 자리 깔자
'세월 이길 장사 없다, 몸이 먼저 말한다'던
그 말씀 씨방 터지듯 가슴 귀를 맴돌고

물결치는 일흔다섯 지붕 낮은 누님네 집
금방 쓴 듯 사락사락 대비 소리 정한 마당
봉선화 꽃등을 들고 도란대고 있네요

얼레지

왜 좋지 않으랴, 양지녘 밝은 삶이
부신 햇살의 갈채 누리고픈 갈증하며
넘쳐서 겨운 분복에 노닥이며 사는 재미

응달에 몸을 부린 업연 그에 못 벗어도
보아라, 순정한 언어 자줏빛 꽃무리의
옹골찬 소망의 무늬 피로 새긴 화심하며

이름 차라리 묻고 남루로 살지언정
바람 앞에 헤픈 웃음 풀어놓진 않았어라
그러기 씨방 여물어 환희 펑펑 터져라

북지장사北地藏寺

등 굽은 소나무 법문 읽는 도량에 들자
몇 겹 속옷 껴입고도 살을 에는 송곳 한기
정의 끈 떼어야 한다, 명부전 앞에 섰다

네픾질에 망치질로 생을 욱어 담금질한,
가질로 빛나는 방짜 무쇠 팔뚝 그대 이름
이제는 다 지워야 할, 저문 날의 기억들

불꽃에 이름이 타자 등 돌리는 종소리
목이 쉰 직박구리 산문을 나서는데
비슬산 능선을 밟고 낮달 벌써 기다리고

진달래 꽃불

인진쑥 보얀 속살 상여 소리 밟고 간다
포클레인 지나간, 봄 향기를 캐던 밭둑
민들레 노란 꽃동전 징검돌이 환한 집

한사코 가지 잡고 놓지 않던 떡갈잎을
됐다 이젠 손 놓아라 바람이 와 안아 주자
다한 줄 제 목숨 이미 알고 지는 만장 한 잎

떨칠 것 다 떨치고 차라리 흙 속에 눕는
이승의 연 다져 밟아 산역山役을 마감한다
화르르 진달래 꽃불 하마 지핀 산비알

관동똥다리

― 박태산拍汰山 사설

니 에미는 걸뱅이*, 똥다리 밑에 사는기라

암만 아니라 해도 박박 대들며 아니라 해도 누나는 한
사코 니 엄만 관동똥다리 밑에 걸뱅이들캉 산다기에 묻어 둔
배추뿌리에 도토리랑 우그러진 양재길 보따리에 싸매 지
고 삽짝을 나서는데 갈 길이 막막하여 잠시 잠깐 주춤 서
자 이 무슨 벼락치는 소리, 천아천아 이눔 자식 내가 니
엄마지 니 에미가 어데 있다꼬 가기는 어데 간다꼬

이눔아, 이래 어리석어빠져 세상 우째 살라카노

* 걸뱅이 : '거지'의 경상도 방언.

바둑은 양반이 둔다

― 박태산拍汰山 사설

들 일 하나 몰라도 양반은 대접받나,
소호 할배 장죽 물고 밭은기침 할라치면
"어르신, 어디 가시니껴" 안골 사람들 설설 깄제

외할배 딸네집 오시도 잠자리가 마땅찮아 모시느니 소
호댁 사랑, 서로가 통했는가. 아 글씨 씨암탉 잡아 그 댁
을 갈라치면 바둑돌 소리 딱딱 삽짝 밖을 두둘기데,
희한타, 그 무신 재미로 두 양반이 흑백 돌 하나씩 놓으
며 종일을 앉았으꼬, 소호 할배 주름진 낯판에 웃음꽃은
만발이고, 장기야 잡놈이 둔다지만 밭일 들일 널렸는데
어느 세월에 바둑돌 헬까

"야들아, 소호 양반 날 보듯이 뫼셔라"
"예에, 빙장 어른, 사는 기 이래서 미안심더,
바둑은 지가 상수라서 그 어른이 피하지요"

그러면 울 아부지가 양반치곤 웃질인가

78

반달이 박태산 우에 앉아

― 박태산拍汰山 사설

소쩍새 울자 동구나무 걸 조무래기들로 시끌벅적

느티 밑둥 한 쪽에 삼단, 또 한 쪽은 겨릅단, 여기 삼단 저기 겨릅단 쌓여 애들 숨바꼭질 딱 맞아, 삼가마 빈 아궁지 자주감자 묻어 놓고 초아흐레 반달 동무 삼아 감자 거뭇 타도 모르고 방귀 뿡뿡 뀌대며 이리 숨고 저리 숨고 무궁화꽃이피었습니다 수수 십 번 놀다가 제물에 시들해진 댓 놈이 탄 감자 후후 불며, 겐빼이 영감 좁만하다 했제

반달이 박태산 우에 앉아 에라 이놈들 웃어라

달까지 가는 국수

— 박태산拍汰山 사설

점심때마다 괴정릿댁 국수 한 솥 삶는다네

된 반죽 이겨 뭉쳐 홍두깨로 얇게 펴서 보자기 척척 가
로 접듯 길게 접어 칼질이야, 꼭 고른 국수 가닥 또각또각
썰어간다, 콩가루 홀홀 뿌려 가닥마다 흩어놓고, 물 펄펄
소댕이 들썩 후루뚝닥 쏟았어라

식구들 입만 대순가 끼 돼도 기다리다 차례 오면 찢어
갈라고 빈속으로 서성대는 방깐 손님 우째 그냥 두나, 멀
건 국숫물 한 그릇인들 나눠 먹어야 편타는 괴정릿댁 그
국수 가닥, 올올이 잇는다면 달까지 가고 말고, 오뉴월 땀
띠 짓물러 숨 턱턱 막는 날도 국수 꼬랑지 챙기려 에미 손
끝만 바라보는 아이놈까지 타박 주며 남김없이 대접하고
서도, 미안해 미안해, 요기가 시원찮아 미안심더 했어라,
간장이 남 먼저 떨어지자,
집집이 우리 지렁* 퍼 가라, 야단들은 왜 했으까

* 지렁 : 간장.

달밤의 시
— 박태산拍汰山 사설

달 밝은 밤 누나는 접동새를 불러왔다
소학교 잠시 다녀 글눈 거우 면한 터에
소월을 가슴에 품고 눈물 꽃을 피우던

보리밥에 된장이래도 이팝 같은 속살이야, 복사꽃 물오
른 가슴 아려 붉은 설렘을, 누나는 노래로 꽃 피워 송이송
이 뽑어냈다, 임하고라면이야 삼수갑산 못 가리야 아하,
길쌈으로 군살 박힌 무릎마저 사랑하실, 그 사람 언제 오
리야, 시름 매듭 풀어 가질

비오는 왕십리에 꽃피는 산유화로
반짝이는 금모래 갈잎 노래 부르던 밤
소쩍새
새도록 소오쩍,
달빛 현絃을 켰어라

세월은 소월을 잊고 누나 이젠 시를 잊고

꽃지도 위에 율을 올리며

　나의 시조는 꽃밭에서 출발한다. 이미지의 확장성이 제한적이지만 꽃을 통해 담아낼 수 있는 생은 정직하다. 난만의 사유를 다스리며 꽃을 통해 나는 내가 걷는 시대의 자국을 서정한다. 나만의 시론을 쓰기엔 내 시가 아직 익지 않았다. 시조의 산맥 앞에 서면 나는 언제나 초심자이다. 시론을 핑계 삼아 자전적 고백을 늘어놓을 염치가 아직은 없다. 이제 나는 내가 즐겨 걷는 꽃지도 위에 율을 올림으로 이 시집의 뒷말을 대신하려 한다.

　메타세쿼이아 거리를 지나 나는 지금 날개봉[1] 등산안내소 앞에 서 있다. 30여 년 동안 발로 그린 용추계곡 일대의 꽃지도를 확인하기 위해서이다. 용추계곡에는 150여 종이 훨씬 넘는 아름답고 향기로운 야생화와 나무의 꽃들이 정겹게 오순도순 살고 있다. 모두 나의 사랑스러운 벗들이다.

---

1) **날개봉** : 비령봉飛翎峰, 비음산 날개봉이라고도 함.

나의 꽃지도는 시간을 타지 않는다. 지도는 공간의 압축이지 시간과는 무관하므로 시간이 삭제된 길 위에 나를 걷게 하는 것은 본 탐방의 종합적 복기를 위한 설계 점검을 위한 것이다. 꽃지도 위에서 만나는 꽃들은 계절에 관계없이 내가 부르면 지체 없이 달려 나와야 한다. 무인 안내소 앞에서 폰카의 배터리를 확인한다. 이제 나의 꽃지도를 펼쳐본다.

　안내소 출입문 앞은 붉은자줏빛 정장을 한 고깔제비꽃의 마을이다. 녀석들은 모두 고깔콘처럼 말린 잎을 치마 두르고 있지만 촌스럽지 않다. 마을 골목 끝에 졸방제비꽃들이 호기심 많은 아이들처럼 올망졸망 떼 지어 찾아와 기다리고 있다. 그들의 손을 잡고 따라가자 누가 심은 나무인지 희고 붉은 무궁화 꽃이 길 양쪽에 서서 손을 흔들고 있다. 궁상맞은 홀아비꽃대가 무궁화나무 발치에서 흰수염을 쓰다듬으며 쭈볏거리며 고개를 내민다. 그를 뒤로하자 날개봉 이정표가 반갑게 양팔을 벌린 채 맞는다. 갈 길이 다르므로 이정표를 바라만 봐야 한다. 날개봉 쪽으로 기억의 덩굴을 잠깐 벋어본다.
　스치면 코티분내 살짝 풍기는 여인처럼 숨어서 피는 으름꽃이 가고 나면 찔레꽃 향기가 흰 면사포를 쓰고 와락 안겨 오리라. 서너 그루 돌복숭아나무는 분홍빛 잇몸이 드러나도록 웃으며 신부를 맞듯 성큼 다가올 것이고. 길섶 좌우로 큰개별꽃과 현호색이 화동처럼 꽃을 뿌리며 따라와도 아는 체하지 말아야 한다. 그래야 제물에 돌아가고 말리라. 곧 국수나무랑 노린재나무가 흰 꽃가루를 뿌리며 한창 벌떼를 부르고 있으리. 도랑 건너 굴참나무 숲에는 금난초랑, 은난초가 가막살나무 꽃우산을 쓰고 호호 불씨를 살리고 있겠다. 길섶엔 옥비녀를 꽂은 수정란이 나와 기다릴 것이고. 검은 벼랑 위로는 목마른 돌가시나무와 중말나리, 층꽃나무가 바위손을 붙잡은 채 비를 기다리고 있겠다. 괴산약수터 방향 둘레길에는 물봉선과 **박쥐나무**, 하늘타리, 칡꽃이 차일을 치고 잔치 준비에 한창일 것이다. 박쥐나무 꽃은 나의 작품에서 「관음」으로 나타난다.

물 마른 약수터에 새벽 운동 한창이다

훌라후프 돌리는 탱탱한 엉덩이들

저 엉큼,

쥐나무 꽃

치마 살짝

들치며

─「관음」 전문

날개봉 가풀막에는 솜나물, 솜방망이, 큰구슬붕이, 각시붓꽃, 타래난, 엉경퀴, 백선, 구절초, 산부추, 짚신나물, 시호, 산해박, 좁쌀풀, 등골나물 들이 옹기종기 정겹겠다. 용추5교 방향 둘레길로 걸음을 옮기면 조록싸리, 당조팝나무, 팥배나무, 다래나무, 누리장나무, 할미질빵, 꿩의다리, 모시풀, 꼭두서니, 귀룽나무, 고추나무, 물침대, 고광나무, 쇠물푸레나무가 제 차

레를 잊지 않고 저마다의 빛깔과 향기를 자랑하며 잔치판을 벌일 것이고. 미나리냉이도 여기 기웃 저기 기웃거리노라 옥양목 중이적삼이 땀범벅에 살판났으렸다.

날개봉 이정표를 일별한 뒤 용추1교로 향한다. **아카시아 꽃향기**가 은가루처럼 길 위에 쏟아진다. 이곳의 아카시아나무는 허리가 시원찮은 노령이지만 해마다 젊은 나무들 못지않게 왕성하게 꿀을 생산하노라 벌처럼 분주하다. '아카시아 꽃향기'를 나는 「아카시아 꽃숲에서」라는 제목으로 노래한다. 이 작품을 시조집 제목으로 뽑기도 하였다.

벌보다 내가 먼저 꽃자리를 펴고 앉아
꽃버선 하얀 속살 젖어드는 꽃향기에
유년도 언제 왔는지 슬쩍 옆에 앉는다

황토뿐인 민둥산에 아카시아 심어 놓고
두어 됫박 압맥으로 보릿고개 넘던 날은
십 리 길 아린 십 리 길 필통소리 딸랑였다

유모차 쉬다가는 검버섯 핀 돌담길에
몸은 숨겼어도 들켜버린 그 숨소리
은발의 술래가 되랴, 선돌바위 그 소년

아이들 웃음소리 꽃술처럼 피어나서
따고 따도 끝이 없는 채밀의 저 날갯짓
활짝 핀 시간의 향기 꽃숲 가득 넘치다
　　　　　　　　　　　　　　　　―「아카시아 꽃숲에서」 전문

휘어진 모롱이를 돌면 남산제비, 빗살현호색, 왜현호색, 연복초, 큰개별꽃, 산괴불주머니, 조팝나무, 돌나물에 기린초, 큰세잎쥐손이, 파리풀 들이 색색의 옷을 입고 나와 손님맞이에 한창이다. 조팝나무 꽃향기가 조당수처럼 구수하여 폰카에 담아본다. 해마다 태풍은 계곡을 뒤엎어 놓지만 꽃나무들은 다들 제 마을을 단호히 지켜내고 있었다. 아직 정정한 늙은 밤나무는 한번 발정을 하면 거의 일 주일 동안 온 골짜기를 휘저으며 비린 꽃의 향기를 풀어 짐승들의 잠까지 설치게 하나 보다. 그럴 때면 나는 신선한 비린 꽃의 안부를 확인하며 막걸리를 찾곤 한다. 하얀 스카프를 쓴 꿩의바람꽃이 달려나와 용추1교 옆 땀내가 싱그러운 병꽃나무 꽃에게로 나를 안내한다. 용추1교를 건너자 시어머니의 정성에 감동하여 며느리의 등창을 낮게 해 주었다는 산자고(까치무릇)가 새댁처럼 상큼한 미소를 머금고 양지녘에 앉아 둥근털제비, 호제비 꽃들과 놀고 있다. 고비가 일어서는 윗마을 으아리는 마치 모시두루마기를 떨쳐입은 새서방 같고. 중의적 의미의 「고비」를 만나본다.

솜털로 몸을 감싸 / 높은음자리표 / 올려놓자
뜻을 안 산새들 / 악보 펼쳐 지줄댔다
그 고비, / 척추를 펴자 / 열 두 늑골 / 푸르렀다
　　　　　　　　　　　　　　　　　—「고비」전문

용추2교에 이르자 비목나무, 털이슬, 도둑놈의갈고리, 좀꿩의다리, 쥐똥나무꽃 들이 바지런을 떤다. 떡갈나무 잎을 털고

나와 귀를 쫑긋대는 흰노루귀의 모습이 반갑고 앙증스럽다. **노루귀**는 봄의 전령사이다. 폰카가 고 귀여운 모습을 담는다. 어설픈 너덜겅에 모여 사는 만주바람꽃 마을을 지나는데 생강 나무 꽃향기가 금방 구워낸 고구마처럼 다디달다. 이 나무의 향기를 만날 때마다 나는 순박한 시골 청년의 사랑을 그린 김유정의 소설 「동백꽃」의 분위기에 젖게 된다. 꽃숲 어디에서 금방이라도 점순이가 뛰어나와 "오빠야~"하고 내 손을 손잡을 듯하다. 작품 「노루귀」에서 나는 자연미의 재발견을 본다.

> 내 생의 / 골짜기길 / 노루귀가 맞았다
> 물소리 따라가는 길은 혼자 가게 두고
> 귀 / 쫑긋 / 함께 듣잔다 // 곤줄박이 / 저 재롱
> ―「노루귀」 전문

용추5교를 건너자말자 벌깨덩굴이 꽃탑을 쌓으며 줄다리기를 하고, 윗마을에선 맥문동이 보라색 카펫을 펼쳐 놓고 텀블링으로 나를 맞는다. 무릇의 꾸벅 인사가 상큼하여 폰카 찰깍. 출렁다리 위에선 때죽나무 꽃향기가 자지러질 듯 정겹다. 용추6교 지나 우곡사 방향엔 경남을 제외한 전 지역에 분포하고 있다는 올괴불나무가 붉은 꽃잎을 베어 문 채 알림장을 기다리고 있을 것이다.

용추6교에서 내처 오르는 너덜에는 딸을 시집보낸 어미처럼 애틋한 **흰물봉선**이 옷고름을 적시며 서성이는 듯. 가파른 너덜을 오르자 노랑하늘말나리와 삿갓나물의 마을이 나타난다. 꽃보다는 자줏빛 열매가 보석 같은, 이름이 엽기적인 작살

나무의 손을 잠시 잡고 있으려니 벼랑을 타고 오르던 마삭덩굴의 꽃이 작은 바람개비로 멀리까지 향기를 풀어내며 길안내를 하고 있다. '흰물봉선'은 「덤을 얻다」에서 생에 대한 강렬한 애착을 안겨 준다.

아무 기별 없었다, 갑자기 무너졌다
노오란 어지럼증 생의 문을 닫았다
아미산 젖은 속눈썹 물수건을 들고 선 날

"어쩌나, 어쩌다가?" 얼굴들이 쏟아졌다
내 그만 혼절하여 숨을 잠깐 놓았나 보다
하늘엔 구름이 몇 장 손사래를 치며 갔다

수습한 팔과 다리 몸의 숨을 추스르자
컵라면 먹어대는 강렬한 식욕 앞에
물봉선 하얀 꽃웃음 아름 가득 안겨 왔다

—「덤을 얻다」 전문

용추8교 건너 바람이 시원한 너덜경의 분홍노루귀 마을을 방문한다. 척박한 땅에 살면서도 전령사의 소임을 다하는 그들이 고맙다. 목책 테크로드에 서면 수피가 사람의 피부처럼 희고 매끄러운 사람주나무가 기다리고 있다. 암꽃의 귀여운 발기에 폰카의 초점을 맞춘다. 테크가 끝나면 보랏빛 치마를 펄럭이며 무희처럼 반기는 **얼레지**가 있다. 볼수록 날렵, 발랄, 명쾌한 여인 같다. 이웃에 아름다운 보랏빛 투구를 쓴, 초오草烏라는 이름을 가진 투구꽃 마을이 있다. 초오는 독성이 강하여 함부로 악수를 나눌 수가 없다.

용추9교를 지나며 만나는 개싸리, 가는오이풀, 오이풀, 당
조팝나무, 청가시덩굴, 족두리풀, 송장풀, 석장풀, 산골무꽃,
산벚, **참꽃마리**, 주홍서나물, 애기나리가 정겹다.「얼레지」에
서는 자전적 삶의 고백을,「참꽃마리」에서는 누이에의 그리움
을 노래한다.

> 왜 좋지 않으랴, 양지녘 밝은 삶이
> 부신 햇살의 갈채 누리고픈 갈증하며
> 넘쳐서 겨운 분복에 노닥이며 사는 재미
>
> 응달에 몸을 부린 업연 그예 못 벗어도
> 보아라, 순정한 언어 자줏빛 꽃무리의
> 옹골찬 소망의 무늬 피로 새긴 화심하며
>
> 이름 차라리 묻고 남루로 살지언정
> 바람 앞에 헤픈 웃음 풀어놓진 않았어라
> 그러기 씨방 여물어 환희 펑펑 터져라
>
> —「얼레지」 전문

> 작년에도 만났다, / 밀양 어디 얼음골
> 웃으면 덧니 하얀 / 누이의 / 머리 꽃핀
> 침산동 / 검은 골목길 / 국수집이 환하던
>
> —「참꽃마리」 전문

용추11교에 이르기까지 흰털팽이눈, 화살나무. 제피나무,
개상사화, 풀솜대, 용둥굴레, 흰여로가 마을을 이루고 있는데,

흰여로의 고고한 모습을 폰카는 그냥 지나치지 않는다.

포곡정 삼거리에서 진례산성 남문과 동문 방향으로 길이 갈린다. 나의 꽃지도 탐방은 동문 쪽으로 가야 한다. 꽃향유, 짚신나물, 고삼, 까치수영, 까치깨, 고추나물, 노루오줌, 원추리, 은방울꽃, 노루발, 노박덩굴, 청미래덩굴, **진달래**와 철쭉의 마을을 만난다. 돌아감에 대한 자연의 감응을 「진달래 꽃불」로 마감한다.

인진쑥 보얀 속살 상여 소리 밟고 간다
포클레인 지나간, 봄 향기를 캐던 밭둑
민들레 노란 꽃동전 징검돌이 환한 집

한사코 가지 잡고 놓지 않던 떡갈잎을
됐다 이젠 손 놓아라 바람이 와 안아 주자
다한 줄 제 목숨 이미 알고 지는 만장 한 잎

떨칠 것 다 떨치고 차라리 흙 속에 눕는
이승의 연 다저 밟아 산역山役을 마감한다
화르르 진달래 꽃불 하마 지핀 산비알

—「진달래 꽃불」 전문

비음산은 **철쭉**으로 온통 가슴을 덮은 채 절정의 꽃잔치 준비에 한창이다. 이렇게 우리는 비음산 정상에 이르기까지 수많은 꽃들의 잔치를 만났다. 정상의 남쪽 바위틈으로 살짝 고개 내미는 까치무릇의 인사는 크나큰 행운의 입맞춤이다. 올라올 때 만나지 못한 꽃들이 내려갈 때 마중 나와 손 내밀거든

따뜻하게 웃으며 그 손을 잡아 주리라. '철쭉'은 「휘파람새」를 낳는다. 탁란의 설화적 해석이다.

> 호두만 한 목젖에 코가 붉은 섭이 아재
> 철쭉꽃 하얗게 핀 오월 한티 재를 넘어
> 뻐꾸기 목이 쉰 울음 등에 지고 떠났다
>
> 지아비 지고 떠난 뻐꾹 울음 선소리가
> 먼 공산 메아리로 그 아낙을 데려간 후
> 한밤엔 휘파람새들 빈집들을 못 떠난다
> ―「휘파람새」전문

　우리나라 어떤 골짜기도 창원의 용추계곡처럼 많은 꽃들을 품고 있지는 않다. 용추계곡은 야생화의 보고이다. 꽃은 그를 알아주는 사람에게만 찾아와 손을 잡지 아무에게나 헤프게 손을 내밀지는 않는다. 향기 또한 그렇다. 꽃을 알면 알수록 꽃은 사람을 사랑한다. 꽃은 시조이다. 내 어찌 이 꽃들을 사랑하지 않으리.

사족 하나

　「참꽃마리」는 누이의 이미지로 나에게 와 안겼다. 의외의 장소에서 꽃을 만났을 때의 반가움을 '얼음골'로 앉혔다. 백련사에서 석남고개에 이르는 쇠점골 산행에서 처음 만난 하얀 꽃 참꽃마리. 누이를 만난 듯 반가웠다. '밀양 어디 얼음골'은 냉온의 촉각적 이미지. 공간적 배경을 통한 사회의 명과 암을

암시한다.

70년대 초. 우리들의 누이는 방직공장 직공이었다. 3교대 밤 10시 퇴근조. 가로등이 침침한 침산동 검은 골목길 국수집은 배고픈 그녀들의 단골이었다. 거기 내 누이, 웃으면 덧니가 참 예쁜 누이가 또래들과 앉아 열심히 재잘거리며 젓가락질을 하고 있다. 그녀의 머리에 꽂힌 꽃핀, 중학교도 못 가고 직장 생활을 하면서도 티 없이 맑은 그녀의 모습을 머리꽃핀 하나로 클로즈 업. 70년대를 헤쳐 온 우리 누이들의 건강한 모습을 '참꽃마리'에서 만난 것이다.

다들 할머니가 되었을, 웃으면 살짝 드러나는 덧니가 참 곱던 내 누이, 지금도 그 머리꽃핀 간직하고 있을까. ▨

■ 참고문헌

· 조병무 : 「'가락' 문학의 혁신성」, 『가락』, 1999년 제5집.

· 신응순 : 「시조로서 시조 떠나기」, 『경남문학』, 2001년 여름호.

· 문무학 : 「시대의 호흡 -전쟁시조」, 『경남문학』, 2003년 가을호.

· 민병도 : 「닦을수록 빛나는 건성에의 길」, 『낮은 기침』, 동학사, 2007년.
「시조의 위의를 지키는 일」, 『월간문학』, 2010년 2월호.

· 정공량 : 「지난날의 애환과 해학을 길어낸 가득 찬 향기」, 『천주산 내
사랑』, 시선사, 2010년.

· 구석본 : 「방앗간집 아이들의 우애와 문학」, 『방앗간집 아이들』, 2011년.

· 추창호 : 「따뜻한 군고구마 같은 시조」, 『월간문학』, 2013년 1월호.

· 석성환 : 「시적 회귀, 그 진실의 환기」, 『경남문학』, 2014년 가을호.
「상생(相生), 정형적 이법(理法)과의 동행」, 『경남문학』, 2015년 가을호.

· 박영교 : 「폭넓은 시심과 새로운 시작의 시도」, 『현대시조』, 2015년 겨
울호.

· 박지현 : 「시간적 세계와 경험적 간극이 주는 자아의 변주」, 『시조시
학』, 2017년 겨울호.

· 권혁모 : 「현대시조의 회화성」, 『시조미학』, 2017년 겨울호.

· 호병탁 : 「가슴을 뚜드려 패는'웃으면 덧니 하얀 누이'의 강력한 심상」,
『아카시아 꽃숲에서』, 알토라, 2017년.

· 정만진 : 「온갖 꽃들이 시 한 편에 - 봄을 기다리는 시인의 마음」, 『오
마이뉴스』, 2018년 2월 1일.

· 임채성 : 「실존, 혹은 존재의 소멸에 대하여」, 『문학청춘』, 2018년 봄호.

· 정용국 : 「시의 원천, '無'와 '不'의 항심恒心」, 『한국동서문학』, 2018
년 봄호.

· 박진임 : 「설화, 여성, 그리고 시」, 『문학청춘』, 2018년 겨울호.

93

· 1948년 경북 영천 출생. 신령중학 화산분교, 계성고등학교, 영남대학교 국어국문학과 졸업.

· 1972년 단편소설 「성공(性空)」으로 영대문학상 받음(심사위원 : 이어령, 유주현, 홍기삼). (~ 1977년) 송진환과 영남대 국어국문학과를 중심으로 동인 '한대문학'을 결성하여 활동함(지도교수 : 박철희).

· 1975년 창원 경상고등학교(청송학원) 국어교사로 부임.

· 1983년 창원 '문예교육연구회' 참여하여 『창원문학』을 편집.

· 1999년 시집 『모과향에 대한 그리움』(도서출판 불휘) 발간. 시조 문학 동인 '가락문학회' 입회. 『시조문학』 신인상. 한국시조문학회 회원이 됨.

· 2000년 창원문인협회와 경남시조시인협회 입회, 작품 활동을 함.

· 2001년 경남문인협회 입회. 사설시조집(복사본 비매품) 『박태산 사설』을 20부 한정판으로 펴냄.

· 2002년 '삼형제 문집' 1집 『방앗간집 아이들』을 펴냄. 삼형제는 맏형 진영은 수필, 둘째 영해는 시조, 셋째 영구는 자유시를 씀.

· 2003년 『남도문학』 창간호와 『가락』 편집.

· 2004년(~2008년) 창원문인협회 부회장 맡음. 한국문인협회 입회. 경남의 시동인 〈포에지 창원〉을 결성하여 동인지 『시향(詩襰)』 창간(2019년 현재 현재 16호 발간).

· 2007년(~ 2008년) 가락문학 회장. 시조집 『낮은 기침』(동학사) 펴냄. 시조 〈목도리〉로 제2회 가락문학상(심사 : 김제현) 받음.

· 2008년(~2013년) 경남시조문학회 부회장.

· 2008년(~2010년) 창원문인협회 회장.

· 2010년 경상고등학교 정년퇴임. 시조집 『천주산, 내 사랑』(시선사) 발간. (~ 현재) 계간 『영남문학』 기획 자문.

· 2011년 경남예술인상(문학부문) 수상.

· 2012년 '삼형제 문집' 2집『방앗간집 아이들』을 펴냄. 오늘의 시조시인
회의 입회.

· 2013년 '한국사설시조 포럼' 앤솔로지『녹슬지 않는 화두』부터 참여.
(~2015) '포에지 창원' 회장.

· 2017년 시조집『아카시아 꽃숲에서』(황금알) 발간.

· 2019년 제7회 한국동서문학상 작품상 수상(심사 : 전연희) 수상.
제23회 경남시조문학상(심사 : 민병도) 수상.

우리시대 현대시조선 109

처용의 달

초판 1쇄 인쇄일 · 2019년 11월 04일
초판 1쇄 발행일 · 2019년 11월 13일

지은이 | 공영해
기　획 | (사)한국문화예술진흥협회, 한국시조문학관
펴낸이 | 노정자
펴낸곳 | 도서출판 고요아침
편　집 | 김남규, 이광진, 이세훈, 정숙희

출판 등록 2002년 8월 1일 제 1-3094호
03678 서울시 서대문구 증가로 29길 12-27 102호
전화 | 302-3194~5
팩스 | 302-3198
E-mail | goyoachim@hanmail.net
홈페이지 | www.goyoachim.com

ISBN 979-11-90047-52-4(04810)
ISBN 979-11-90047-41-8(세트)